On ne badine pas avec l'amour

FichesdeLecture.com

On ne badine pas avec l'amour (Fiche de lecture)

I. PRÉSENTATION

On ne badine pas avec l'amour fut publiée dans la revue des Deux Mondes en 1834, mais représenté en 1861 à la Comédie Française après la mort de Musset. Cette pièce fut composée à l'époque du voyage en Italie avec George Sand, juste avant leur rupture. Ce drame romantique est l'une des œuvres l'est plus connues d'Alfred de Musset. Elle se compose de trois actes et appartient au genre du proverbe dramatique. La présence d'un chœur fait pencher la pièce vers le genre noble qui s'accommode mal avec le caractère général de la pièce : *On ne badine pas avec l'amour* est une comédie en prose qui finit mal.

II. RÉSUMÉ

Acte I

La scène se passe en province, dans un château. Le chœur présente Maître Blazius et Dame Pluche, Maître Blazius est le précepteur de Perdican et Dame Pluche la gouvernante de Camille.

Le baron présente Maître Blazius a Maître Bridaîne, le curé du village qui trouve qu'il sent l'alcool. Puis il lui présente Dame Pluche. Enfin il annonce qu'il veut marier son fils Perdican à sa nièce Camille pour les avoir prêt de lui. Mais les retrouvailles entre le cousin et la cousine sont glaciales. Camille, réservée reste insensible lorsque son cousin évoque leurs souvenirs d'enfance Camille refuse à Perdican une balade et Dame Pluche l'approuve, le baron insulte Dame Pluche. Perdican, contrarié propose à Rosette, jeune paysanne et sœur de lait de Camille de souper au château avec lui. Maître Blazius dit au baron que Maître Bridaîne sent le vin, alors que lui-même sent le vin. À ce moment là Maître Bridaîne arrive et déclare que Perdican s'amuse avec une paysanne. Le baron est consterné d'apprendre que son fils fait la cour à une simple paysanne.

Acte II

Maître Blazius pousse Perdican à se soucier de Camille, mais sachant qu'elle ne veut pas se marier il fait semblant de n'être que triste et part. Ensuite Maître Bridaîne s'en va car il est jaloux de voir que Maître Blazius occupe sa place, la meilleure. Puis, Maître Blazius apprend au baron que Camille tapait Pluche pour qu'elle délivre une « lettre d'amour ».

Camille a décidé de quitter le château et fait parvenir un billet à son cousin via Dame Pluche pour le convier à un rendez-vous. Elle lui explique que pendant ses dix années de couvent on lui a appris à ne pas avoir confiance en les hommes. Elle lui annonce son départ, car il n'a pas su la faire changer d'avis sur la lâcheté des hommes et des dangers de l'Amour, elle veut retourner au couvent et vouer sa vie à Dieu. Perdican se défend et commence à mettre en doute l'éducation religieuse et des nonnes, et adopte un discours clairement anticlérical voire anticatholique.

« Adieu, Camille, retourne à ton couvent, et lorsqu'on te fera de ces récits hideux qui t'ont empoisonnée, réponds ce que je vais te dire : Tous les hommes sont menteurs, inconstants, faux, bavards, hypocrites, orgueilleux et lâches, méprisables et sensuels ; toutes les femmes sont perfides, artificieuses, vaniteuses, curieuses et dépravées ; le monde n'est qu'un égout sans fond où les phoques les plus informes rampent et se tordent sur des montagnes de fange ; mais il y a au monde une chose sainte et sublime, c'est l'union de deux de ces êtres si imparfaits et si affreux. On est souvent trompé en amour, souvent blessé et souvent malheureux ; mais on aime, et quand on est sur le bord de sa tombe, on se retourne pour regarder en arrière ; et on se dit : "J'ai souffert souvent, je me suis trompé quelquefois, mais j'ai aimé. C'est moi qui ai vécu, et non pas un être factice créé par mon orgueil et mon ennui. »

Malgré cette discussion Camille continue de cacher ses sentiments pour Perdican.

Acte III

Le baron congédie Maître Blaizus qui lui a volé une bouteille. Perdican s'interroge sur son amour pour Camille. Maître Blazius essaie d'intercepter une lettre de Camille adressée à son amie Louise, dans laquelle elle raconte qu'elle a tout fait pour se faire détester de Perdican et se flatte de l'avoir désespéré. Perdican lit cette lettre et blessé dans son orgueil, décide de la rendre jalouse. Il fait croire à Camille qu'il aime Rosette en lui faisant la cour devant elle. Il lui avait fait parvenir un mot pour qu'elle assiste à la scène. Alors que Dame Pluche est prête au départ, Camille annonce qu'elle ne partira pas aujourd'hui. Dame Pluche l'informe que son cousin a lu sa lettre, elle comprend alors ce qu'il vient de se passer et déclare à Rosette que Perdican se moque d'elle et pour lui prouver elle fait venir son cousin et cache Rosette derrière un rideau. Perdican finit par avouer à sa cousine qu'il l'aime et Rosette s'évanouit. Face aux reproches de Camille il décide d'épouser Rosette. Camille, prise à son propre piège manque de s'évanouir. Perdican et Camille finissent par se déclarer leur amour, mais Rosette qui a assisté à la pièce meurt d'émotion. Interpellés par son cri Camille et Perdican se regardent avec angoisse. Camille se rend compte du drame et Perdican reste « tétanisé ». Camille déclare : « Elle est morte. Adieu, Perdican ». Le rideau se ferme.

III. ANALYSE DES PERSONNAGES

Camille est une jeune fille naïve et facilement influençable, elle a été élevée pendant 10 ans dans un couvent par des religieuses déçues de l'amour qui l'ont mise en garde contre la lâcheté des hommes et les dangers de l'Amour. À cause de cette éducation, elle se montre froide envers son cousin avec lequel elle a passé toute son enfance. Au fur et à mesure de la pièce, elle se rend compte qu'elle est en réalité amoureuse de Perdican mais n'ose se l'avouer à elle-même par orgueil. Elle ne dit rien non plus à Perdican, ce qui se dénouera sur un drame. Alors qu'elle ne cesse de rejeter son cousin tout au long de la pièce, elle finit par déclarer ses sentiments, mais au moment où ils semblent être heureux, Rosette meurt et Camille décide de retourner au couvent.

Perdican est un jeune homme qui vient d'être diplômé, fier et charmeur, c'est le fils du baron et est heureux d'épouser Camille, qu'il aime depuis son enfance, mais comme elle l'éconduit il séduit par dépit une autre jeune femme, Rosette la sœur de lait de Camille. Lui aussi est victime de son orgueil, lorsqu'il découvre que sa cousine se flatte de l'avoir séduit il décide de lui rendre la pareille. Il fait la cour à Rosette alors qu'il a convié Camille pour qu'elle assiste à la scène. Mais il sera pris par son piège car il promet d'épouser Rosette suite aux reproches de Camille. À la fin lorsqu'ils se sont avoué leur amour et que Rosette s'est tuée il reste « tétanisé », incapable de réagir, comme s'il venait de se rendre compte du mal qu'il avait fait.

Rosette est une jeune paysanne, naïve et innocente, sœur de lait de Camille. Camille et Perdican profitent de sa crédulité en la manipulant pour se faire souffrir l'un l'autre sans se soucier de ses véritables sentiments. Elle admire réellement Perdican mais lors de l'ultime scène quand elle découvre qu'elle n'a été qu'un « jouet » entre leurs mains, elle se donne la mort.

N'oublions pas les personnages secondaires : dame Pluche, maître Blazius, le baron, qui se chamaillent comme des enfants tout au long de la pièce. Chacun veut quelque chose et fait tout pour l'avoir.

Dame pluche ne veut pas que Camille épouse Perdican car déçue par l'amour elle n'a aucune confiance en les hommes, peut être est-elle jalouse du mariage auquel Camille est promise ?

Maître Blazius passe son temps à se chamailler avec **Maître Bridaîne**, ils veulent tous les deux la meilleure place. Lorsque Maître Blazius est chassé par le baron suite à des accusations de Maître Bridaîne, celui-ci va tout faire pour tenter de prouver son « innocence ».

Le baron est trop occupé à réaliser son rêve : marier Camille et Perdican pour qu'ils restent près de lui qu'il ne s'intéresse pas aux sentiments de son fils, ni à ceux de sa nièce.

Alors qu'ils représentent les adultes ils sont incapables de mettre en garde les trois enfants qui jouent avec l'amour.

IV. AXES D'ANALYSE

Une pièce romantique

La jeunesse des personnages les pousse à suivre leurs sentiments plutôt que la raison. Mais le sentiment dominant ici est l'orgueil de Camille puis Perdican au lieu de s'avouer leurs sentiments réels.

L'union de Camille et Perdican semble acquise au début de la scène, mais la vanité des personnages met en garde le lecteur/spectateur. En effet Camille prend de haut son cousin lorsqu'il manifeste sa joie lors de leurs retrouvailles en déclarant : « Je ne suis pas assez jeune pour m'amuser de mes poupées, ni assez vieille pour aimer le passé. On peut penser que cette réaction est de la timidité ou que Camille a envie de devenir adulte. Mais on se rend compte qu'elle refuse d'assumer ses sentiments et se cache derrière des certitudes sur la lâcheté des hommes et les dangers de l'amour qui lui ont été inculqués au couvent.

En réalité, elle joue avec Perdican : elle lui déclare qu'elle sait tout de l'amour alors qu'elle n'a jamais été aimée et lui confie qu'elle préfère Dieu. Elle prend plaisir à se refuser à son cousin, elle ne veut pas passer pour une fille que l'on séduit facilement.

Perdican lui répond : « Tu es une orgueilleuse ; prends garde à toi » et ajoute « J'ai souffert souvent, je me suis trompé quelquefois, mais j'ai aimé. C'est moi qui ai vécu et non pas un être factice créé par mon orgueil et mon ennui ».

Ils sont finalement pris à leur propre jeu puisqu'ils tombent encore plus amoureux l'un de l'autre. En tentant de rendre Camille jalouse avec Rosette, Perdican se rend compte qu'il aime sa cousine.

L'orgueil

Dans cette pièce, Musset a mis l'accent sur l'orgueil et où peut nous conduire celui-ci. Toutes les actions des personnages sont dictées par leur orgueil. Leur amour propre va les conduire à manipuler la jeune paysanne Rosette et à leur séparation.

D'ailleurs le titre peut être considéré comme un avertissement : on ne badine pas avec l'amour sinon.... En effet le titre signifie gare à ceux qui badinent avec l'amour.

En badinant avec leur amour Perdican et Camille l'ont détruit, ils l'ont rendu impur. Alors qu'ils s'aiment depuis leur plus tendre enfance ils ont sali et corrompu cet amour. Ils sont incapables de se déclarer leurs sentiments l'un à l'autre de se faire confiance ils se font souffrir et le dénouement ne peut être que tragique : la mort de Rosette, victime de leurs manigances et l'impossibilité de vivre leur amour.

Durant tout l'acte II Perdican et Camille badinent réellement avec l'amour, elle écrit à son ami « tout est arrivé comme je l'avais prévu » puis « ce pauvre jeune homme a le poignard dans le cœur ; il ne se consolera pas de m'avoir perdu ! ». Pour elle l'amour est un jeu dont elle croit être la maîtresse. Quant à Perdican il est lui aussi victime de son orgueil, il séduit Rosette par dépit pour rendre jalouse Camille, lui aussi croit pouvoir jouer avec l'amour en toute impunité. Ils créent leur propre malheur pour satisfaire leur orgueil, c'est à celui qui aura le dernier mot, ils manipulent tour à tour Rosette et c'est Camille qui triomphe puisqu'elle arrive à faire avouer à Perdican qu'il l'aime et elle l'encourage à épouser la jeune paysanne. De plus on constate que Perdican est hautain avec la jeune Rosette, lorsqu'il lui parle il adopte un ton condescendant. Sans qu'ils le sachent, leur orgueil va les conduire à la tragédie.

Un drame romantique

Musset met en scène deux jeunes personnes orgueilleuses qui ne réfléchissent pas aux conséquences de leurs actes. Cet orgueil les empêche de se dire honnêtement ce qu'ils ressentent l'un envers l'autre. Leur jeunesse amplifie leur orgueil, en effet même s'ils badinent avec l'amour, ils sont très naïfs. Perdican, qui est charmée par Camille va être déçu par l'attitude de sa cousine. Cette dernière prend au pied de la lettre tout ce que lui ont appris les nonnes sur l'amour. Elle venge son amie en séduisant et désespérant Perdican. Perdican et Camille ignorent la force des sentiments qui les unit, ils le découvrent malheureusement à leurs dépens.

Leur orgueil les conduit à une situation dramatique : la mort de Rosette et l'impossibilité de se marier. Ils sont à l'origine de leur perte car ils ont refusé de se comprendre, de s'écouter l'un l'autre. Face à ce drame, le jeune couple n'a pas compris que l'amour est synonyme de compromis et aucun des adultes ne les a guidés ou conseillé de mettre leur orgueil de côté. Finalement tous les personnages sont responsables de la mort de Rosette, en voulant à tout pris les marier, le baron n'a pas tenu compte de leurs éducations différentes et de leurs sentiments. *On ne badine pas avec l'amour* est bien un drame de l'orgueil modéré par les personnages secondaires, comiques qui nuancent la tension dramatique.

Musset qui a écrit cette pièce après sa rupture avec Georges Sand pose les questions éternelles sur l'amour : L'amour peut-il exister sans souffrance ? L'amour dure-t-il toujours ? Peut-on mourir d'amour ?

Dans la même collection en numérique

Escadrille 80

Inconnu à cette adresse

La controverse de Valladolid

Les Vilains petits canards

Une partie de campagne

Cahier d'un retour au pays natal

Dora Bruder

L'Enfant et la rivière

Moderato Cantabile

Alice au pays des merveilles

Le faucon déniché

Une vie

Chronique des Indiens Guayaki

Je voudrais que quelqu'un m'attende quelque part

La nuit de Valognes

Œdipe

Disparition Programmée

Education européenne

L'auberge rouge

L'Illiade

Le voyage de Monsieur Perrichon

Lucrèce Borgia

Paul et Virginie

Ursule Mirouët

Discours sur les fondements de l'inégalité

L'adversaire

La petite Fadette

La prochaine fois

Le blé en herbe

Le Mystère de la Chambre Jaune

Les Hauts des Hurlevent

Les perses

Mondo et autres histoires

Vingt mille lieues sous les mers

99 francs

Arria Marcella

Chante Luna

Emile, ou de l'éducation

Histoires extraordinaires

L'homme invisible

La bibliothécaire

La cicatrice

La croix des pauvres

La fille du capitaine

Le Crime de l'Orient-Express

Le Faucon malté

Le hussard sur le toit

Le Livre dont vous êtes la victime

Les cinq écus de Bretagne

No pasarán, le jeu

Quand j'avais cinq ans je m'ai tué

Si tu veux être mon amie

Tristan et Iseult

Une bouteille dans la mer de Gaza

Cent ans de solitude

Contes à l'envers

Contes et nouvelles en vers

Dalva

Jean de Florette

L'homme qui voulait être heureux

L'île mystérieuse

La Dame aux camélias

La petite sirène

La planète des singes

La Religieuse

1984 A l'Ouest rien de nouveau

Aliocha

Andromaque

Au bonheur des dames

Bel ami

Bérénice

Caligula

Cannibale

Carmen

Chronique d'une mort annoncée

Contes des frères Grimm

Cyrano de Bergerac

Des souris et des hommes

Deux ans de vacances

Dom Juan

Electre

En attendant Godot

Enfance

Eugénie Grandet

Fahrenheit 451

Fin de partie

Frankenstein

Gargantua

Germinal

Hamlet

Horace

Huis Clos

Jacques le fataliste

Jane Eyre

Knock

L'homme qui rit

La Bête humaine

La Cantatrice Chauve

La chartreuse de Parme

La cousine Bette

La Curée

La Farce de Maitre Pathelin

La ferme des animaux

La guerre de Troie n'aura pas lieu

La leçon

La Machine Infernale

La métamorphose

La mort du roi Tsongor

La nuit des temps

La nuit du renard

La Parure

La peau de chagrin

La Petite Fille de Monsieur Linh

La Photo qui tue

La Plage d'Ostende

La princesse de Clèves

La promesse de l'aube

La Vénus d'Ille

La vie devant soi

L'alchimiste

L'Amant

L'Ami retrouvé

L'appel de la forêt

L'assassin habite au 21

L'assommoir

L'attentat

L'attrape-coeurs

Le Bal

Le Barbier de Séville

Le Bourgeois Gentilhomme

Le Capitaine Fracasse

Le chat noir

Le chien des Baskerville

Le Cid

Le Colonel Chabert

Le Comte de Monte-Cristo

Le dernier jour d'un condamné

Le diable au corps

Le Grand Meaulnes

Le Grand Troupeau

Le Horla

Le jeu de l'amour et du hasard

Le Joueur d'échecs

Le Lion

Le liseur

Le malade imaginaire

Le Mariage de Figaro

Le meilleur des mondes

Le Monde comme il va

Le Parfum

Le Passeur

Le Petit Prince

Le pianiste

Le Prince

Le Roman de la momie

Le Roman de Renart

Le Rouge et le Noir

Le Soleil des Scortas

Le Tartuffe

Le vieux qui lisait des romans d'amour

L'Ecole des Femmes

L'Ecume Des Jours

Les Bonnes

Les Caprices de Marianne

Les cerfs-volants de Kaboul

Les contes de la Bécasse

Les dix petits nègres

Les femmes savantes

Les fourberies de Scapin

Les Justes

Les Lettres Persanes

Les liaisons dangereuses

Les Métamorphoses

Les Mouches

Les Trois mousquetaires

L'étrange cas du Dr Jekyll et de Mr Hyde

L'Ile Au Trésor

L'île des esclaves

L'illusion comique

L'Ingénu

L'Odyssée

L'Ombre du vent

Lorenzaccio

Madame Bovary

Manon Lescaut

Micromégas

Mon ami Frédéric

Mon bel oranger

Nana

Ne tirez pas sur l'oiseau moqueur

Notre-Dame de Paris

Oliver twist

On ne badine pas avec l'amour

Oscar et la dame rose

Pantagruel

Le Misanthrope

Perceval ou le conte du Graal

Phèdre

Ravage

Roméo et Juliette

Ruy Blas

Sa Majesté des Mouches

Si c'est un homme

Stupeur et tremblements

Supplément au voyage de Bougainville

Tanguy

Thérèse Desqueyroux

Thérèse Raquin

Ubu Roi

Un Barrage contre le Pacifique

Un long dimanche de fiançailles

Un secret

Vendredi ou la vie sauvage

Vipère au poing

Voyage au bout de la nuit

Voyage au centre de la terre

Yvain ou le Chevalier au lion

Zadig

À propos de la collection

La série FichesdeLecture.com offre des contenus éducatifs aux étudiants et aux professeurs tels que : des résumés, des analyses littéraires, des questionnaires et des commentaires sur la littérature moderne et classique. Nos documents sont prévus comme des compléments à la lecture des oeuvres originales et aide les étudiants à comprendre la littérature.

Fondé en 2001, notre site FichesdeLectures.com s'est développé très rapidement et propose désormais plus de 2500 documents directement téléchargeables en ligne, devenant ainsi le premier site d'analyses littéraires en ligne de langue française.

FichesdeLecture est partenaire du Ministère de l'Education du Luxembourg depuis 2009.

Plus d'informations sur www.fichesdelecture.com

ISBN: 978-2-511-02904-6

Notes :